さよならを言う

櫻井周太

もくじ

さよならを言う

旅

夢のほとり

さよならを言う

冬の調子

交番裏の警官が枯葉を集めている
僕は朝日を見に山へ向かうところだ
始発列車の上にまだ微睡みの月が残っている
これから眠ろうとしているのか
起きようとしているのか
こんな寒い空を警官はいつまでも掬っている
ビニール袋いっぱいに詰めて
世界中の警官がたそがれを余分に抱えている
二時間後僕と彼は同時に地平線を探す
世界中の似たものを探す

朝に

ふう。
ねじったタバコを横たえ
温度計が切れている
あたらしい朝

ベランダから見えるのは
いちめんのヨーカドー
さくらの木の幾つか

それから
本で読んだセスナ機の墜落と
生物の雲

なにが
過ぎ去ることもなく

静かに
はじまる
ブリキの一日《いちんち》

持ってないものリスト

車
ピアノ
たくましい胸板
クレパス
さおだけ
コーヒーミル
上着（とても寒い）
うぐいす
合わせ味噌

無地のコップ
気の利いたジョーク
ピカソ
数学

あいくち
目薬
ちゃんちゃんこ（あるいは祖父）

船
ショルダーバッグ
庭（これは欲しい）

自立する鏡
嗅ぎ分けるちから

大きめの鍋
おくりもの

ダリ的なシャツ

顔を洗った
歯も磨いた
でもシャツはくたくた
ピンクの
似合わないやつだ。
慌ててアイロンをかけたら
襟の先っぽがどうしても
ダリのひげみたいに
くるりと逆立つ。

指でつねってみる
それでも直らない

ダリのひげ。
鏡を見ながら
格闘しているうちに
苦ぼったい自分の顔のほうが
間違っているという気がしてくる
シャツじゃなくて。

メトロポリタン

ビルと
ビルのあいだに
たちはだかるエノコログサ

その路地裏が
気になっている
私のへそ
にらみあう

しもべの歌

アイスクリームが
溶けていくから

このまま
他人の王国で
風邪をひきそう

なぐさみ

夜のあいだに
泣いてしまった
カーテンをしぼり

抱きしめ

わたしたちを濡らしている
蛹の中へ
帰ろう

前夜

キャリーバッグを引き摺りながら
見上げたら満月がぽかんとしていた
花草ほろびゆく前夜
隙間がない　生きている隙間が

さみしさ

どうやら
これは
わたしみたいだ

そう思って降りた
地下鉄の駅に
張りつめた蜘蛛
いる

ジグザグなからだを
支えながら

笑うことで棘が
突き刺さる
プラットホームの
ゆくえ

吹き抜けもなしに
そよぐ
胃袋のなか

深いところに
さみしさ
ある

さよならを言う

紙のうえに書いた
明日に
さよならを言う

牛の絵を
描いてみる

仕事を
やめる

電気ポッドで
お湯を

沸かす…

それは
水であったのだ

なぞるところのない
水であったのだ

旅

ピップ

屋久島行きのフェリーが
出航するとき
桜島は噴煙をあげた
（さよならだろうか）
灰とつぶてが船に舞いおり
目玉に
カメラのレンズに
船窓にぶつかった

午前八時の暴れ雲
了解の声が無線電話を伝い
船乗りたちは動きだす

油を焚きつけたにおいが
甲板にたちのぼる

ウミガメは砂の下に産まれ
赤んぼうの頭で
母さんの卵を割るという
海辺の
夜の暗やみで
君たちの力はどこから湧いてくるのか

ピップ
僕にも破りかたを教えてくれよ
降り積もる灰に埋まってしまって
もうすぐ海の墓標になってしまうんだ

ピップ

ひとり手を振る相手もいない僕は
煙噴く山を眺め
僕らの言葉でさよならを返そう

※ピップ……ウミガメが卵の殻を破ること。

旅

ラピスラズリの蝶が死んでいる
僕は合羽を纏ったところだ
雨、どうして灰色の
土にばかり落ちたがるのか
霞みゆく坂道は遠く
遠いほどしぼんでいくのだと
昔のひとはよく知っていた

鏡のように流れていく、水
いま僕は濡れているところだ
忘れかけた物語のほころび
指で紡ぎ

振り向けば町の灯は滲み
辿れる場所を示した地図は
鞄の中で溶けつつあった

イマージュ
小さなものはうつくしい
そうやって見過ごしてきたものを
引き取るために、僕はやってきた

味のない水を蝶は飲んでいた
風景はこぼれる塩を舐めた

レストランかもがわ

夜でも
ランチセットをやっている
というあやまちが僕は好きだ

レストランかもがわは繁盛している
ざざ降りのなか
白身のフライを揚げる音も隠れ
相席に相席を重ねて僕ら
ぴたりと店に収まった

誰かが誰かに
話すということもなく

そこにいる
というしくみが僕は好きだ
みんなたらふくご飯を食べて
満腹してから帰っていく

森の太鼓

荒ぶる雨が露になり
ヒノキゴケの尻尾の先に
こびとみたいに掴まっている
覗き込めば体中
持っていかれてしまいそうな
ここはいのちの森
ひとは訪れて帰っていくだけ

ヤマグルマの大きな頭が
霧雨をすっかり包み込んで
僕のところには届かない
雨降りを知らせる雷の音だけが

隣から梢を縫ってやってくる
尺八吹きのアオバトも
いまは耳をすませて

この皮膚から汗がにおい立ち
この口が必死になってなにかを語ろうとし
この森の中で歌になろうとしている
――なぜ。
一層みにくいものを晒そうとしているのか
都会の静脈を打ち
しがらみになお惑いながら
沢の声さえ知らずに

木々と苔は広がり
常に立ち止まっている

ひとが口を噤んでも
足音だけは拾われてしまう
緑一面の世界に
雷は森の太鼓
生まれたものの息づくままに
響け
僕の心臓の叫びを消して

ヤクガミ様

山の母ザルは子を背負い
はるか縄文杉を目指す

なあ母ちゃん
どこいくんだい
おいらぁずっとこのふかふかの背中でいたいよ
あのでっかい木はなに
母ちゃん
おいらぁまだ腹減ってないよ
しょんべんも我慢するよ
だからいかないで
いゝいゝいゝいゝ
あれはこわいよ――

ぼうや
あたしたちがどんなもんだい
あんたが生まれたからって
育つからってどんなもんなんだい
あたしが老いぼれるからって
それがなんだい？
ぼうや
あのでっかい木はヤクガミ様と言ってね
あたしたちがちょっと引っ掻いただけで
かなしみの洪水に死んでしまうんだよ
ぼうや
ちゃあんと見ていなさい
いずれあんたも枝になるのよ
あたしのがちょっと先だけどね

民宿にて

十一人の旅人と
一頭の牛へ

湯上がり（五〇〇ミリリットルの）
缶ビールを片手に
日記のようなものを書こうとしている
僕のそばを、夏の終わりが
たくさん通り過ぎていく。早いよ
草いきれのふもとでもう
落葉を踏んだ。君は僕に言った
酔ったら（詩を）みせてくれと。

僕はマジックペンを持たない。

糸のような文字で（折れるペンで）
君を繋ぐ。
恋人を置き去りにしてしまった君
雨宿りの君、雪降る町からやってきた
白衣の君。
君たちがこれから看取るであろう
ひとびとの片隅で
思い出がどれほど長くいられるだろう
同じ湯飲みにたくわえた
酒を呑み交わし、僕は言った
忘れないように書くんです。

夜なべしたら、本物の夜がやってきた
君は外灯のない暗やみの中で
煙草の先の炎だった。

いまは星のひとつもなくて
君だけが宙に浮かんでいる
木洩れ日がみれた時間なら、
それが織姫や、彦星や、天の川になって
ひとびとの顔にそそいでいただろう
煙草がなくなると、君は隠れた。
そして暗やみに僕は、海辺の牧場でみかけた
ナンバー一九七〇の牛をえがく。
まるで僕がわかるみたいに
黒いからだを向けている、君。

僕の周りで、たくさんの流れ星が
暗やみに立ち消える。
あるいは僕のほうが
なんらかの消しゴムなのだろうか。

島いちばんの酒がふたたび火をともし
点々とひとの居所を教える
明日はどこへ向かうのか、それは
明日の話だ。
すっかり湯冷めするまで僕は
日記のようなものを書いた。
(夏はとどまるだろう)
まだ、君たちのそばで。

朝の教え

鳴いている子熊から
教わるような――particle
葡萄の光

森の速度

ひとひらの葉にも
脈を描き
いのちは長さでなく
速さだと何処かで聞いた気がするよ
嵐の速度で駆けてゆく鼠
森が照らし　影を作るホウオウゴケ
ひとつ、ふたつ
蟻もムカデも逃げ惑い

泥の道に釘を打った
ひとは
猿と共に暮らしはしない

何をわずらうのだろう　都市とは
すがたのない誇りだと誰かに
聞いた気がするよ
ひとが百年の問いと
答えに悶えているあいだに
樹木は一さえ数えないで
育つ

蛇の根のうねり
島から島へ　種は
あかつきの実を蒔いた

ひとひらの葉から
脈は伸びて

いのちは遅々として続く
何を、
生き急ぐのだろう。

けもの

けもの
こころの裸足で
暮らしている

けもの
考える指をちゃんと
持っている

けもの
内向きの牙
つらぬいて
土くずの愛を放つ

けもの

花の子供たち

野性のちからを

欲しい　けもの

海は

海は
地図の上では
常に脇役だ
大陸や
島々のお隣で
素朴に腰掛けている
懐かしい歌だ
だから
彼女の真ん中では
波は線でなく
輪になる
ひとは

彼女の歌の
隅っこにいる
いつも

夢のほとり

朝のきのこ

からりとした
洗濯日和の朝に

君のかなしみから
電話があって
待ち合わせてると

僕の影から
生えてきた
きのこ

さもしい

きのこ
増えてくるので
はやく来てほしい
君のかなしみ

キッチン

ティースプーンのうえの蜂蜜と
使いさしのわたしの
適切な距離は二十センチ
それはとても近いということです

ゆうれいがいます
なぜだか二十センチぶん
幸せそうです

光るゾンビ

青春は、光るゾンビだ。
むかし僕が掘った穴から
夜な夜な這い出してくる——
彼はジャムパンを食べたい。
蒸れた棺桶じゃなく
ふかふかのソファで横になり
漫画を読んでいたい。
彼のからだは光っている
それがまぶしくて、僕は眠れない。

ゾンビは墓場が苦手だ。
お仲間とのなあなあ関係がいやで

隣人との距離感にも、気を使うから。
それで頻繁に
近くの校庭にやってくる。
いつの間にか、僕のシャベルを持って
自立している。
走る、走る、
メリーゴーランドのように
――女とはぎこちなく。

「ふん。恋なんて年食ってからでも
　できるさ」
と彼はうそぶく。
でも彼は年をとらない
永遠に。

僕の懐かしい校庭が
僕の中で、夜な夜な光り続ける。
ゾンビも汗をかく
肉のからだを保つために
勝ち負けの辛酸を舐め
自分のペンだこで転ぶ。
すると、その拍子に
ぶかぶかのジャージのポケットから
ドイツ製の絵葉書がこぼれる。
山頂のヴァルトブルク城と
青いインク――
君の宛名。

唐突に彼は
生前の記憶を取り戻し

身を焼かれ、灰になり
思い出の海に投げ捨てられた友人を
探しに出かける。
校庭を飛び出し
火葬人たる僕を罵りながら
くらい町を過ぎ、港へ。

（夜が熟したら
あとは
腐っていくだけなのだろうか？）

彼の船が、水平線で光る。
あるはずのない星が
浮かんでは沈み
やっぱりなくなる。

ノルーのあとに

台風一過
涼やかな空気だ
うす青の見晴らしに
ブランコが揺れている

草むらの公園を
コーギー犬が走る
おじさんも走る
朝にはアサガオが咲く

涙のあとを数えている
腰掛けるベンチがなくて

困っていたということもある

※ノルー＝台風五号の名前（二〇一七年）

ぐうたらな団地猫

うちの団地猫は夏になると
屋根付きの駐輪場でぐうたらしている
轢かれないように尻尾を突き出して
自分の居所を知らせ
ママチャリの車輪を抱いて眠る

そんな茶トラ猫が夜中に
三号棟の階段前で
力なく横たわっていたことがある
慌てて駆け寄った残業後の僕だが
そのおっさん猫は気怠げな顔を持ち上げて
「こんな遅くにくたびれているのは

お前だけじゃないんだぜ」
と言うのだ

中途半端な田舎の団地は
そこそこの窓明かりがあって星が見えない
はす向かいで売れ残っている
あの新築マンションのほうが暗い
働くということは何だろう
「ちょっとそこを退いてくれないか？」

日曜日

他人が櫛で梳いた
いちにちが
早すぎるので
朝ごはんも食べずに
出かけ

菩薩の書いた五線譜が
複雑すぎるので
うまい言い回しも
思いつかず

ピエロの浮かべた風船が

あまりにも僕に
似ているので
破裂をし

あなたが開けた自動ドアが
閉じて
また
ひらいて

夢のほとり

夢のほとりに
ぼくはいるのか

右目だけつむっても
猫は猫

左目だけつむっても
花は花

両目をつむっても
町は
町のまま

ここにだけ
いる　わたし

晴れのち

天気予報をしたら

雲が
僕をちぎって
そらに浮かびはじめた

晴れのち
くもり

そののち

雨　か

銀杏つどう

銀杏つどう蹲る銀杏
なぐさめる銀杏
叱咤する銀杏

銀杏たましいの銀杏
たずねあう銀杏
頬つねる銀杏
銀杏痛み知る銀杏

アイスティー・メモ

地球は自転しているんだよ
だから僕らは少しずつ近づいているんだ
シュガー・シロップが溶けあうみたいに

ドン・キホーテで買った

月の匂いだ
お香を焚いて
ぼぅっと
鴨居をみている

冬の罪

誰もいないようなので
ピザまん頬張りながら
息しろく過ごしている
僕は探偵
そばかすの世界で
思い通りにいかないときは
君から理由《わけ》を探す

君が微熱もちだから
雪は溶ける
君が歌うたいだから
鳥はねむる

君が塞いでるから
僕はひとり

探偵のいいところは
手錠を持たないところ
誰もいないようなので
ピザまん頬張りながら
僕は君を見逃し
まったくえらそうなことに
僕はそんな僕を赦したのだ

おはよう

おはよう、
庇の隅に巣を張った蜘蛛。
そこに囚われた塵と埃。
とても元気だ、
僕たちの世界は。

さよならを言う

二〇一八年九月三日　発行

著　者　櫻井　周太
発行者　知念　明子
発行所　七　月　堂
〒一五六―〇〇四三　東京都世田谷区松原二―二六―六
電話　〇三―三三二五―五七一七
FAX　〇三―三三二五―五七三一

Printed in Japan
ISBN 978-4-87944-334-2 C0092